PORTE-FEUILLE

D'UN

CHOUAN.

A PENTARCHIPOLIS,

De l'Imprimerie des Honnêtes-gens.

1796.

AVIS

DE L'ÉDITEUR.

DEPUIS long-temps, mes chers frères en chouanerie, je suis possesseur du porte-feuille que je vous offre aujourd'hui. Vous devinez bien, sans être pourtant sorciers, les raisons qui m'ont empêché de le publier plutôt. On m'avait conseillé d'attendre des temps plus heureux, d'attendre que la liberté de la presse m'assurât la libre émission de ma pensée, et la sureté de mon chetif individu. Mais comme tout va de mal en pis, et que la tyrannie appésantit son joug de plomb sur mon malheureux pays, et que j'ai toujours desiré être utile à mes frères, je vous donne aujourd'hui des piéces édifiantes sur la conduite de quelques fameux brigands qui souillent de leur présence le palais du grand *Henri*. Je vous donne aujourd'hui quelques piéces pour servir à l'histoire des bêtes féroces qui se disputent nos dépouilles sanglantes dans le cirque des Robespierre, des Carrier, des Bentabole, des Tallien, des Sieyes. Je ne sais, mes bons amis, si ce petit recueil vous causera autant de plaisir qu'il me cause de peine à vous le faire parvenir. Mais, qu'importe! il faut bien déployer du caractère. Tant de gens nous ont perdus, se sont eux-mêmes perdus pour n'en avoir pas assez montré!

C'est aux flambeaux, dans une carrière,

que j'arrange, lettre par lettre, cette prôse et ces vers. Plus d'une fois le composteur a échappé de ma main, en dessinant le portrait des monstres qui ont avili, ruiné, deshônoré notre malheureuse France; l'espoir a ranimé mon courage, et l'a soutenu. J'ai juré haine éternelle à l'oppression, et, fidèle à mon serment, mon unique vœu, le seul cher à mon cœur, serait de voir à l'instant expirer sur la roue ceux qui ont attiré les horreurs de la guerre sur ma patrie. Je verrais, oui, je verrais, d'un œil sec, tomber les têtes de ceux qui ont baigné leurs mains dans le sang de tout ce que la France eut de plus cher, de plus sacré, de plus honorable, de plus religieux, de plus grand, de plus beau, de plus touchant. . . . . Périssent à jamais les cannibales qui règnent encoro sur nous!

Mère des arts, aimable paix,
Par ta présence consolée,
Viens sur la terre désolée
Répandre tes bienfaits.

PORTE-FEUILLE D'UN CHOUAN.

QUATRAIN

Sur la rentrée de SARTINE-MERLIN au ministère de la Justice.

FRANÇAIS, d'un tel retour ne soyez pas surpris ;
Toujours à la justice on finit par se rendre ;
S'il eût tardé de la reprendre,
Par elle il eût été repris.

QUATRAIN.

-- Parle près à Louvet, tu seras convaincu
Qu'il a l'haleine impure, et sent odeur de fièvres.
-- Odeur de fièvres, me dis-tu ?
Eh ! non ; c'est que ce monstre a le cœur sur les lèvres

MADRIGAL.

La chronique du jour rapporte,
Qu'à la suite d'Aubert Mêhé voyage aussi.
Pourquoi cherche-t-il à la Porte
Le cordon qui l'attend ici ?

SUR LES MANDATS.

-- Eh bien, monsieur de la critique,
Que dis-tu du projet nouveau ?
--Des mandats? --Oui. --Je le trouve fort beau,
Et je dis que la république
Nous lance aujourd'hui les *mandats*
D'amener tous les assignats.

INSCRIPTION

Qu'on trouve dans une des chambres de la Conciergerie.

Dans ce séjour, au méchant nécessaire,
L'honnête homme souvent a pleuré sa misère.

Thabaud, membre du conseil des Cinq-cents, disait dernièrement, d'abondance de cœur, que la revolution n'avait fait que changer de place l'amour-propre et la fortune.

LES NOUVEAUX *ON DIT*,

OU

Les huit Calembourgs républicains.

Air : *Vaudeville des Visitandines.*

On dit, qu'un royal domicile,
Où gémirent tant d'innocents,
Le *Luxembourg* devient l'asyle
De *cinq Prêteurs*, petits tyrans. (*bis*)
Pour bien désigner la cohorte
Qui dans ce lieu vient habiter,
Magasin de cire à frotter (1)
Doit vîte être inscrit sur la porte.

---

(1) Il y a sans doute une faute d'orthographe ; on a voulu dire : *Sire, Rôi ;* sires à rouer à coups de barre.

On dit dit que ce lieu si célèbre,
Où brillaient les arts et l'amour,
Est maintenant un lieu funèbre;
Qu'à regret éclaire un beau jour.
Seul, le despotisme y commande;
Flore à son triste aspect a fui,
Et dans ce jardin, aujourd'hui,
Ne laisse qu'*une plate-bande*.

On dit que, vains de leur science,
De très-sublimes novateurs,
Pour le bonheur de notre France,
Ont changé ses lois et ses mœurs.
Plus de rois, d'évêques, de diacres,
Du ciel tous les saints sont bannis:
Mais, en nous ôtant *Saint Louis*,
Pourquoi donc nous laisser *saint Flacres*?

On dit qu'il faut, ô ma patrie!
Se livrer à l'espoir charmant
Que du règne de l'infamie
La fin approche en ce moment.

Nos patriotes aux yeux louches
Donnent la paix aux nations ;
Ils manquent de munitions ;
Il ne reste que *cinq cartouches*.

On dit, que vers les Thuileries
Est un chantier très-apparent,
Où cinq cents bûches bien choisies
Sont à vendre dans ce moment.
Le vendeur dit à qui l'aborde :
Cinq cents bûches pour un louis ;
Mais bien entendu, mes amis,
Qu'on ne les livre qu'*à la corde*.

On dit, et l'anecdote est sçue
Déja par tous les environs,
Qu'un enfant, au coin d'une rue,
Ayant rencontré des dindons,
Vers eux courant, en cent manières
Dans leur course les arrêta ;
Puis, les saluant, leur chanta :
Peuple Français, peuple de frères.

On dit, que, marchant sur nos traces,
Le peule auglais en désarroi,
Chasse maintenant de leurs places
Son premier ministre et son roi.
A ce fagot que l'on débite
Maint incrédule répondra :
Paris se *débarrassera*,
Avant qu'Albion se *dépite* (1).

On dit, que le mot *République*,
Écrit au milieu d'*un soleil*,
Nous présente un *rébus* unique,
Car on n'a point vu son pareil.
Sans écus, louis, ni piastres,
Le Français voit, en gémissant,
Que la *république* est vraiment....
Où donc ? -- *Dans le plus grand des astres.*

---

(1) Encore une faute de copiste. Il faut lire *Pitt*.

Le montagnard *Guermeur*, à l'œil louche, dans une des séances du procès Cormartin, dit un jour: *Mes collègues et moi, nous observons que nous sommes les rapporteurs nés et les juges de cette affaire.* Et les juges, et le public, et les accusés de sentir le but de l'observation. *Grenot* renchérit encore en scélératesse sur son complice *Guermeur*. *Cormartin* se plaignait de ce qu'il n'avoit point assisté à l'apposition des scellés. On a, dit GRENOT, pris tous les papiers *à votre charge*, on a laissé les autres.

DIALOGUE.

-- L'Ami des lois dit pour nouvelle,
Que du grand Tallien l'épouse trop fidelle
D'une perruque blonde a couvert son beau front,
Et j'espère, mesdemoiselles,
Que vous en aurez? -- Nous? -- Oui -- Non;
-- Quand on a d'aussi bons modèles,
On ne peut que les imiter.
-- Cela suffit, monsieur, pour nous en dégoûter.

Sur les Essais de Vendémiaire, par REAL.

Réal et ses-amis disait à tout le monde
Que bientôt il nous ferait voir,
Sorti de sa plume féconde,
Le *nec plus ultrà* du savoir.
Hélas ! quel destin est le nôtre !
Il est de son talent le martyr et l'apôtre.
On vient de m'apprendre aujourd'hui
Qu'en relisant son œuvre, il étoit mort d'ennui.

Un homme, qui sortait de la maison d'arrêt du Plessis, me disait que le meilleur moyen de gagner *honnêtement* de l'argent, étoit d'être directeur de juri. J'en doutois, il m'a persuadé. Il m'a prouvé que le citoyen *Laus de Boissi* avait reçu de lui 10,000 liv. pour *innocenter* un voleur bien convaincu d'avoir enlevé, rue des Bons-Enfants, une pendule estimée 3000 liv. numéraires. Ce *Laus de Boissi* trouve ce métier bien meilleur que celui de bel-esprit ; il préfère l'or de Plutus aux lauriers d'Apollon. Sur vingt-deux agioteurs traduits devant ce gredin, vingt-un, qui l'ont payé, ont été acquittés; un seul, arrêté dans la foule, est encore en prison depuis sept mois. Croiriez-vous que ce monstre a reçu de la farine, du bled, du vin, du gibier, pour *hâter seulement* l'affaire du journaliste *Hippolite* DUVAL, et qu'il a été le premier à river les f..s de ce malheureux chouan.

A CHÉNIER.

Autour de vous laissez siffler l'envie,
Gracchus sur votre front place un nouveau laurier,
Pour l'intrigue et la calomnie
Vous serez toujours le premier.

Faublas Louvet, *Abel* Chénier,
L'un tragique à la glace, et l'autre écrivassier,
Veulent, dit-on, paralyser la presse.
C'est très-bien fait, il en faut convenir;
Par leurs écrits de toute espèce
Ces messieurs dès long-temps la font assez gémir.

LE REGRET BIEN FONDÉ.

Combien je plains mon cher cousin Valsens !
D'avoir fini d'aussi laide manière !
C'étoit un scélérat, ennemi du bon sens.
S'il n'eût sur un gibet terminé sa carrière,
Sa figure patibulaire
L'appellait de plain-pied au conseil des Cinq-cents.

SUR LE CHEVALIER DE LA TOUCHE-SEPTEMTRE.

Par suite d'une hémorragie
Méhé, dit-on, vient de finir.
C'est comme il a vécu mourir,
Couvert de sang et d'infamie.

Des exclusifs l'exclusif écrivain,
Le journalier Réal est historiographe.
De lui, de ses héros, demain,
Pour le bonheur du genre humain,
Qu'avec plaisir je lirais l'épitaphe !

Sur la mort de RAYNAL, CAZANOVE *et* DANGEVILLE.

Talents, graces, vertus, mérite,
Rien n'échappe au ciseau fatal ;
Aussi *Cazanove*, *Raynal*
Et *Dangèville* ont passé le Cocyte.
C'est un malheur ; mais après tout,
Qu'eussent-ils fait sur une terre
Où l'on proscrit les arts, la vérité, le goût ;
Dans un pays où l'on préfère
Le tableau de Marat à celui de d'Assas ;
A *Dazincourt*, Jean *Baptiste* Daulère ;
Dans un pays enfin, où, pour quelques vers plats,
Devienne est contrainte à se taire.

Vous croyez que *Faublas* est un être idéal,
Et que l'on ne peut, dans la vie,
Trouver d'être plus immoral :
Désabusez-vous, *Émilie*,
Ce n'est qu'une faible copie,
Dont *Louvet* est l'original.

VERS

Sur le Patron des Exclusifs.

Les meilleurs citoyens ont été ses victimes.
Il fit ériger en vertus
Les plus exécrables maximes.
Pour aller à la mort, graces, talents sublimes
Devenaient un titre de plus.
Il a couvert la France entière
D'échafauds et de sang..... Ses crimes furent tels
Que, s'il avait vécu du temps de Robespierre,
A l'humanité de Tibère
Rome aurait dressé des autels.

QUATRAIN

Pour le portrait du Député CHÉNIER.

Apôtre de l'égalité,
Son ame est vaine et fière;
Sa devise est *Fraternité*,
Il fit guillotiner son frère.

QUESTION.

Les Grecs reconnaissants, disait un mythologue,
Plaçaient dans l'Élysée, en cet heureux séjour,
La vertu, la valeur, le demi-dieu du jour.
-- C'est tout de même ici, reprit un démagogue,
Tout près des beaux champs de ce nom
Ne voyez-vous donc pas l'idole de la France,
La Liberté chérie ? -- Oui, vous avez raison ;
Mais dites-moi, monsieur, en confidence
Si c'est pour prix de ses nombreux travaux
Qu'elle paraît tirée entre quatre chevaux ?

QUATRAIN.

Superbe hôtel, riches appartements,
Chevaux, laquais, meute, maitresse,
Lanchère a tout ; il aurait du bon sens,
Si l'on pouvait le payer en espèce.

LOGOGRYPHE.

Mon nom est très-fatal, lecteurs, je vous l'avoue ;
Otez-moi tête et queue, il me reste une roue.

SUR L'AMNISTIE PROPOSÉE.

-- Mais quel est le bien qu'on espère,
Quand on aura rendu libres ainsi
Tous ces buveurs de sang? -- Ami, c'est la manière
De pouvoir grossir un parti.

COUPLETS.

Air *des Montagnards.*

En proie à la fureur des armes,
O France! hélas! quel fut ton sort!
Chaque jour revoyait tes larmes,
Sur tes cités planait la mort, (*bis*)
Nos fleuves devenus rapides
Du sang des femmes, des vieillards!
Et de ces cruels homicides
Les auteurs étaient montagnards. (*bis*)

On a dans nos villes brûlées
Vu régner la mort, la terreur,
Et nos campagnes désolées
Aux vainqueurs même faire horreur. (*bis*)

Trompant nos attentes timides,
Si Cérès a fui nos remparts,
Qui rendait nos sillons stériles ?
C'étaient les cruels montagnards. (*bis*)

Dans leur affreux charlatanisme,
Ces monstres, vomis par l'enfer,
Sur les débris du despotisme
Usurpaient un sceptre de fer. (*bis*)
Quand les enfants de la patrie
Des combats bravaient les hazards,
Des pères la tête chérie
Tombait au gré des montagnards. (*bis*)

Le brigandage et la misère,
Surs compagnons de la terreur,
Ont de la république entière
Fait le domaine du malheur. (*bis*)
Et l'on voudrait de ce système
Soutenir les fauteurs épars !
On ose, au sein du sénat même,
Défendre encore les montagnards ! (*bis*)

Une majorité sensible
Enfin a fermé les tombeaux ;
Déja de l'olivier paisible
On voit s'étendre les rameaux. (*bis*)
Mais, pour voir fleurir nos campagnes,
Et ramener tous les beaux arts ;
Chassons au-delà des montagnes
Tous les féroces montagnards. (*bis*)

Supplement au portrait qu'on trouve du philosophe SIEYES, *dans l'ouvrage intitulé : Conspiration du duc d'Orléans.*

Il a prouvé, dans le siècle où nous sommes,
Jusqu'à quel point on peut tromper les hommes.

SUB-GÉNISSIEUX.

Chargés de nous garder contre tout maléfice,
D'un verbeux député nos directeurs font choix :
Il y faut applaudir ; donnons-y notre voix.
Jamais on n'aura fait tant parler la justice.

De la maison de justice du Palais,
à Paris, le 27 Vendémiaire.

Plus d'espoir, mon cher général *Charette*. Il ne me reste plus qu'à soutenir le caractère dont la nature m'a doué. La lâcheté des Parisiens, qui se sont encore une fois laissés museler par quatre mille soldats ivres, leur indigne conduite ne laisse plus à l'honnête homme que l'affreuse et terrible perspective des échafauds que le vainqueur va redresser. Déja des tribunaux révolutionnaires sont installés. La trame la plus scélératement ourdie vient d'en créer une pour moi. On m'a présenté ce matin une liste de mes *juri*. J'ai rejetté et pris au hazard ceux qui doivent me juger. Ils sont tous, à ce que l'on m'a dit, si peu faits pour prononcer dans une affaire aussi majeure que la mienne, que je n'ai pas voulu m'occuper de l'embarras du choix.

Le président est un gros égoïste, ivrogne, qui, pour le peindre en un mot, comblé des bienfaits de notre dernier Roi, a défendu le château des Thuileries au 10 Août et au 13 Vendémiaire. C'est vous dire assez que cet homme ne laissera pas échapper l'occasion de commettre encore un crime. Il s'y trouve un ex-prêtre, *fourrier* maintenant dans un bataillon, et qui, m'assure-t-on, n'a rien perdu de l'astuce de son caractère. Un capitaine de chasseurs, homme de cire; un lieutenant de dragons, bien intentionné; mais qu'on fera bientôt changer d'opinion. Les autres sont des êtres d'autant plus à craindre pour moi, qu'ils sont sans caractère aucun, et deviendront les hommes de qui les achètera.

Tous ces obstacles à vaincre ne seraient rien, sans le rapporteur qu'on a *cloué* dans ce tribunal; je dis *cloué*, car on a déja commencé par le faire capitaine, il y a deux jours, de lieutenant qu'il était; et ce, pour flatter l'amour-propre dont cet individu est pêtri. Voici ce qu'on m'a dit de lui. Avant la révolution, il n'était connu que par un grand esprit de dissipation, et un penchant décidé au libertinage. Il a voyagé en Hollande. En 1789, il quitta Amsterdam, pour venir à Paris figurer sur le théatre des gredins qui ont deshonoré la France, Il a fait des pamphlets pour et contre, des journaux pour et contre. Il a été professeur au collége de Cambrai. Il est revenu à Paris, où il a tué l'amant d'une femme qui l'avait sacrifié à son rival. Il a couché pendant quatre mois dans la même chambre d'où je vous écris. (Quel rapprochemcnt à faire!) Il est parti pour l'armée sous l'égide de *Dumouriez* et de *Valence*. Il a quitté le régiment de la Couronne, infanterie, pour entrer au troisième regiment de Dragons, où il est maintenant. Grand amateur de chevaux, de maitresse, d'équipage, mauvaise tête, cœur gâté, prêt à se vendre à qui voudra se donner la peine de l'acheter; voilà, mon cher général, l'homme qui tient le fil de mes brillantes destinées; voilà l'homme qui va disposer de mes jours en un instant!...; Oui, en un instant, car on ne me laissera pas le temps de dérouler les piéces que j'ai pour confondre tous les imposteurs. C'est demain que je comparaîtrai devant mes féroces bourreaux; mais je vous jure de ne rien perdre de mon caractère. J'ai combattu pour la Religion et le Roi pendant vingt ans; j'ai affronté mille morts pour une aussi belle cause, et je ne pâlirai point devant celui qui a fait tomber la tête du petit-fils de Henri. Sa présence me donnera des forces pour braver la mort.... Que dis-je la mort! c'est à l'immortalité que j'irai, en montant sur l'échafaud. Je baiserai la place qu'a baignée de son sang le plus vertueux des rois....

Adieu, mon cher général!... Soutenez toujours l'intérêt de Dieu et de la France. Il m'eût été bien doux de mourir les armes à la main; mais je perdrai la vie en bénissant le créateur, qui conservera, j'espère, vos jours, pour sauver ceux de tous les gentilshommes qui sont restés fidèles à notre sainte monarchie.

Je vous recommande ma malheureuse famille... Je manque de tout ici. Cette madame *Desiris* fait toujours des siennes, et se perdra, sans nous être utile.

Je vous embrasse.

CORMATIN.

Post-scriptum. A l'instant où je vous écris, l'ami B . . . m'apprend que mon rapporteur a été mandé hier soir aux comités de Sureté générale et de salut public réunis, et qu'il a promis ma tête. . . . Voilà donc mon arrêt prononcé ! . . . , Mes compagnons d'armes vous embrassent tous. . . . Ne m'oubliez jamais, généreux *Chevalier*.

Note de l'Éditeur.

Cette lettre m'a été remise par un volontaire de la cent quarante-troisième demi-brigade, qui la tenait d'un curé chez lequel le chevalier *Charette* avait laissé quelques papiers, la veille de son arrestation.

L'HABIT NE FAIT PAS L'HOMME.

--Ne t'ai-je pas vu, Jean, au coin de quelque rue,
Faisant jadis le pied de grue,
Attendre que quelque valet
T'envoyât porter un poulet?
A ce mètier, dis-moi, comment fait-on fortune?
La façon, à coup sûr, ne peut être commune?
--Je n'ai, monsieur, point changé de métier,
Demandez dans tout le quartier;
Mais j'ai pris un parti plus sage,
Et j'ai voulu me donner quelque état;
Je faisais état du message,
Et je suis messager d'état.

Un mot de consolation aux grands hommes du jour.

Quoi! vous craignez que la mort de Raynal
Ne vous prive d'aller au temple de mémoire!
Ah! pour barbouiller votre histoire,
Ne vous reste-t-il pas le balai de Réal?

RÉPONSE

A l'Épigramme du sieur Lebrun, insérée dans le Journal de Paris, numéro du 14 Floréal, an 4.

Lorsque je lis dans un journal
Ode ampoulée, insipide charade,
Doucereux et froid madrigal,
Logogryphe, épigramme fade,
Plat sonnet, ennuyeux couplets,
Des vers enfin sans raison et sans rime,
Je dis : (bien que l'auteur ait gardé l'anonyme,)
Mons *Lebrun*, vous les avez faits.

L'agiotage aurait péri d'ennui,
Si, pour lui rendre son audace,
Tout ne se vendait aujourd'hui,
Jusqu'au crédit des gens en place.
Dieux ! quel abus ! vit-on jamais
Un peuple sage le permettre ?
Espérons tous qu'un décret saura mettre
Les protections au rabais.

COUPLETS.

Air : Accompagné de plusieurs autres.

Savez-vous pourquoi les mandats
Dès leur naissance sont si bas ?
C'est qu'en faisant les bons apôtres,
Les *Exclusifs*, pour peu d'argent,
Veulent acheter au comptant
La fortune de tous les autres.

Ils ont fait leur soumission
Pour les biens de la nation :
En attendant qu'ils ayent les nôtres,
Chacun d'eux, par précaution,
Veut avoir au moins sa maison,
Oui, sa maison, ... et beaucoup d'autres.

Le tragique *Chénier* dit que la Sentinelle
Veille pour la patrie, et ne nous coûte rien.
Lyrique Sénateur, vous nous la donnez belle,
Lire monsieur *Louvet*, c'est le payer trop bien.

On assure que la belle *Cabarus* manda l'autre jour plusieurs chirurgiens, pour faire une consultation sur une incommodité assez grave qui la chagrine beaucoup. Ces messieurs discutèrent d'abord assez paisiblement ; mais peu-à-peu, la contradiction les échauffant, ils se fâchèrent, et s'emportèrent au point de se dire de grosses injures, de se menacer vivement. Enfin leur discussion ne ressembla pas mal à celles qui ont quelquefois lieu dans une certaine assemblée, Sur quoi, un nouvel arrivant, plaisant de son naturel, instruit du sujet de la dispute, s'écria : Monsieur le président, couvrez-vous, LA CHOSE PUBLIQUE *est en danger.*

CHARADE.

Les uns, sans miséricorde,
Voudraient jetter mon tout dans mon premier,
Et les autres, de mon dernier
Qu'on fît une subtile corde
Pour y suspendre mon entier.

CALEMBOURG.

En soupant chez Damou[illegible]ier,
La vieille Zélia, par l'orgueil abusée,
Disait en ricannant : Oh ! moi, je suis *rusée !*
Bon ! dit quelqu'un, ce n'est qu'une risée ;
Madame se donne un *r*.

LES PÉDÉRASTES,

Chanson chantée dans une orgie.

Air : *L'avez-vous vu, mon bien aimé ?*

Paré des plus brillantes fleurs,
Mai vient de reparaître ;
Goûtons les aimables douceurs
Que ce mois fait renaître.
Le temps qu'on passe sans jouir
Est un vol qu'on fait au plaisir.
Amis, buvons,
Aimons, chantons,
Et l'amour et ses charmes.
Il nous sourit

Dans

Dans ce réduit;
Rendons-lui tous les armes.

Catulle, au déclin de ses ans,
Pour mettre à profit ses instants,
Entre *Rufus*,
Emilius
Et son adorable *Lesbie*
Goûtait le plaisir de la vie.

De cet aimable libertin,
Amis, suivons l'exemple;
Qu'à nos ébats, jusqu'à demain,
Ce lieu serve de temple.
Dans les bras du beau *Clinias*,
Xénophon trouvait des appas;
Le grand *Platon*
Baisa *Dion*,
Et *Crator* son pupille.
Baisons-nous tous,
Mais baisons-nous
Comme *Horace* et *Batyle*.

Vers à M. Gobert, Fournisseur des armées, et fondateur d'un tribunal de sang à Metz.

Sous le règne des terroristes,
Qui plaisait à ma lâcheté,
Par-tout on me voyait fêté
Par les plus enragés clubistes.
Aujourd'hui que tout va changer,
Dans la crainte que l'on m'assomme,
Je saurai singer l'honnête homme,
Car je ne puis que le singer.

LE PETIT DOIGT,

Couplets à mettre en musique.

En vain la jeune Clarice,
D'un doigt propice,
Touche son cœur,
Pour soulager son ardeur.
Protége, Amour, cette novice;
Change, magicien adroit,
Selon son vœu, son petit doigt.

Jusques au fond de son ame
Ce trait de flamme
Voudrait entrer ;
Mais il n'y peut pénétrer.
Sois sensible au feu qui l'enflamme ;
Change, magicien adroit,
Selon son vœu, son petit doigt.

Tu vins animer la pierre
Pour le statuaire
Pygmalion ;
Pour Clarice, ô Cupidon !
Fais un prodige encore sur terre.
Change, magicien adroit,
Selon son vœu, son petit doigt.

Dans le chapitre des époques révolutionnaires, la remarque suivante peut faire époque. *Drouet* arrêta le Roi, à Varennes, le 21 Juin ; le Roi fut décapité le 21 Janvier ; *Drouet* fut arrêté le 21 ; et comme les calembourgs sont à la mode, on dit qu'*il n'est pas heureux au vingt-un.*

VERS A RÉAL.

Cet artisan que l'on soudoie
Est *libre* dès qu'il a pu *pain* ;
L'enthousiasme qu'il déploie
N'est que le signal de la faim.
Il peut, au mépris de la ligue,
Employer l'or qu'on lui prodigue
A servir d'autres intérêts ;
C'est à Bacchus qu'il sacrifie,
Et son AUTEL DE-LA-PATRIE
Est le COMPTOIR DES CABARETS.

La dépense nous fait trembler,
Et chacun craint la banqueroute ;
Le seul moyen de l'éviter,
Est, je le crois sans aucun doute,
Que tous les biens des gouvernants
Des *mandats* deviennent le gage,
Et que nos *chers* représentants
Ne fassent plus l'agiotage.

Au milieu des plaisirs que procure le bal,
Un fat musqué s'approcha de Clarice.
Quel parfum ! cria-t-elle, ah ! de l'eau de mélice !
Messieurs, *je me trouve mal.*
Madame, dit le fat, vous vous rendez justice.

LOGOGRYPHE.

Sans beaucoup d'effort, je suis *chien.*
Tu peux, lecteur, me faire *niche.*
A peu de chose près, on trouve en moi *Caïn.*
Je suis propre à *nier*, aussi suis-je assez *riche.*
On peut, en me retournant bien,
Tirer un *cri* de moi, même aussi de la *cire.*
Mais, malgré mon grand nom, lecteur, s'il faut tout dire,
A quoi suis-je bien propre ? . . . à *rien.*

De la saine raison, mon ami, tu t'écartes,
Des grands hommes pourquoi diminuer le prix ?
Au Panthéon si l'on trouvait DES-CARTES,
On y jouerait au réversis.

RÉPONSE

A quelqu'un qui me disait qu'il était étonné que je fisse des épigrammes contre les femmes.

Reviens, Damis, de ton étonnement :
Je connais comme toi tout le prix de nos belles ;
Et voilà pourquoi justement
Je me plais à tirer sur elles.

Quelqu'un a observé que le barbouilleur qui a peint l'enseigne de la trésorerie nationale, a oublié les points sur les *i*. On voudrait savoir si le travail, dans l'intérieur de la maison, est aussi exact.

A SOPHIE,

Qui me donnait une orange.

D'une main aussi jolie
Il est bien doux de recevoir ;
Je prends ton orange, Sophie,
Mais pour t'en rendre deux ce soir.

Un magistrat, homme d'esprit disait qu'il ne fallait voir faire ni la cuisine ni la justice, si l'on ne voulait pas en être dégoûté. Je crois que s'il avait assisté une seule fois à la manufacture de nos immortels décrets, il n'aurait pas tardé à éprouver le même sentiment.

L'HEUREUSE MÉTAMORPHOSE.

Jettant un beau matin son vil froc aux orties,
Le père *dom Poultier* se fit représentant,
Pour le bien de la France, et non pour son argent;
En rapports véhéments changea ses homélies,
Et l'on parle de lui, messieurs, assez souvent.
Où donc? dans le conseil? -- Non; dans les *Rapsodies*.

ÉPIGRAMME.

Croiriez-vous bien, disait la galante Julie,
Qu'en tout temps pour l'hymen je n'eus aucun penchant?
Et moi, repart un ivrogne à l'instant,
Je n'eus jamais soif de ma vie.

Quelqu'un disait un jour à *Richer-Serisi* : Vous conviendrez cependant que tous les Jacobins ne sont pas scélérats? Oui, répondit-il ; mais vous conviendrez aussi que tous les scélérats sont Jacobins.

COUPLETS

Air : *Combien je suis frais et dispos !*

La république est un état
Qui devrait plaire à tout le monde ;
La république est un état
Qu'aujourd'hui fronde tout le monde :
La république est un état
Qui n'enrichit que peu de monde ;
La république est un état
Qui vexe aujourd'hui tout le monde.

S'il est aujourd'hui peu de gens
A qui plaise la république,
C'est que tous les honnêtes gens
Sont proscrits dans la république ;

S'il existait de braves gens
Pour sauver notre république,
Alors tous les honnêtes gens
Desireraient la république.

Les gouvernants sont *Exclusifs*,
C'est pour eux une bonne affaire;
Avec ce titre d'*Exclusifs*,
Chacun d'eux fait bien son affaire:
Et le paiement des *Exclusifs*
N'est pas très-difficile à faire;
Ils prennent tout, comme *Exclusifs*,
Le reste n'est pas leur affaire.

LE JUIF SCRUPULEUX.

Un citoyen actif, un Juif à l'assemblée,
Très-peu dévotement, siégeait un samedi.
Que faites-vous ici? lui dit un étourdi,
Votre religion est par-là profanée.
Taisez-vous, dit le Juif; à quoi bon cet éclat?
Mon devoir est rempli; suis-je pas au SABAT.

PETITS COUPLETS

Sur le PETIT VOL *fait au grand* LOUVET.

Air : *Comment goûter quelque repos ?*

Des quidams sont venus, dit-on,
Cette nuit forcer la boutique
Où la *sentinelle* publique
Est tous les jours en faction.
LOUVET, qui rapporte l'histoire,
Pour mieux se venger des quidams,
Dit que ce sont d'*honnêtes gens :*
Sur sa parole on peut l'en croire. (*bis*)

Le bon sens veut insolemment
Traiter cela d'extravagance ;
Mais très-juste est la conséquence
De ce rare raisonnement.
A qui soutiendrait le contraire,
On répondra, sans balancer,
Que LOUVET ne peut pas penser
Qu'on veuille voler un confrère. (*bis*

PETIT DIALOGUE

Entre un Citoyen et un Garçon du café de Foi.

Le Citoyen. Dites-moi, mon cher, les Jacobins osent-ils encore venir ici?

Le Garçon. Oh! mon dieu, oui, monsieur!

Le Cit. Mais on dit qu'ils ne sont plus aussi opulents qu'autrefois. Prennent-ils quelque chose au café?

Le Gar. Oui, monsieur; il y en a un, l'autre jour, qui a pris six cuillers d'argent et un porte-feuille....

Je plaignais l'erreur populaire,
Quelqu'un s'écria brusquement
-- On était dans l'aveuglement,
La révolution éclaire.
-- Oui, certes, vous avez raison,
Lui dis-je, la pitié dans l'ame;
Elle éclaire comme la flamme
Éclaire, en brûlant la maison.

TYRANNIE.

On appelle tyran le souverain qui ne connaît de lois que son caprice ; qui prend le bien de ses sujets, et qui ensuite les enrôle pour aller prendre celui de ses voisins. Il n'y a point de ces tyrans-là en Europe.

On distingue la tyrannie d'un seul, et celle de plusieurs. Cette tyrannie de plusieurs serait celle d'un corps qui envahirait les droits des autres corps, et qui exercerait le despotisme à la faveur des lois corrompues par lui. Il n'y a pas non plus de cette espèce de tyrans en Europe.

Sous quelle tyrannie aimeriez-vous mieux vivre ? Sous aucune ; mais, s'il fallait choisir, je détesterais moins la tyrannie d'un seul que celle de plusieurs. Un despote a par fois de bons moments, une assemblée de despotes n'en a jamais. Si un tyran me fait une injustice, je puis le désarmer par sa maitresse, par son confesseur, ou par son page ; mais une compagnie de braves tyrans est inaccessible à toutes les séductions : quand elle n'est pas injuste, elle est au moins dure, et jamais elle ne répand de graces.

Si je n'ai qu'un despote, j'en suis quitte pour me ranger contre un mur, lorsque je le vois passer, ou pour me prosterner, ou pour frapper la terre de mon front, selon la coutume du pays; mais, s'il y a une compagnie de cent despotes, je suis exposé à répéter cette cérémonie cent fois par jour, ce qui est très-ennuyeux à la longue, quand on n'a pas les jarrets souples. Si j'ai une métairie dans le voisinage de l'un de nos seigneurs, je suis écrasé; si je plaide contre un parent des parents d'un de nos seigneurs, je suis ruiné. Comment faire? J'ai peur que dans ce monde on ne soit réduit à être enclume ou marteau. Heureux qui échappe à cette alternative!

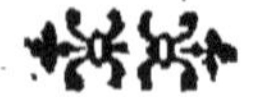

La finance est à bas, le fait est sans réplique ;
Il n'est plus de crédit pour notre république ;
Vous ne voyez par-tout que courtiers réjouis
d'avoir, selon leur gré, fait monter le louis.
Je crains que cette engeance et celle qui la prône
Ne le fasse à la fin monter jusques au trône.

PÉTITION

Adressée au Directoire exécutif, par quelques Chouans d'une commune où les autorités constituées ont été élues par la force du bâton des Exclusifs.

Air : *De la Croisée.*

Pour nous donner les magistrats
Qui gouvernent notre commune,
Une troupe de scélérats
Nous écarte de la tribune ;
Et l'on fit les élections
Parmi les plus vils sans-culottes,
En chassant à coups de bâtons
Tous les vrais patriotes. (*bis*)

Air : *Colin disait à Lise un jour.*

De Sénateurs ainsi promus
Qu'attendre, hélas ! de bon, de sage!
Ils n'ont ni talents ni vertus,
Et l'ignorance est leur partage.
Sans aucun moyen
Pour faire le bien,
Pourquoi les garder davantage?

Air : *On compterait les diamants.*

Des plus effrontés scélérats
Nous sommes tous les jours victimes;
Et sous les yeux des magistrats
On voit commettre mille crimes.
Ils ne font rien pour nous sauver
Des attentats de la licence;
Car il leur faut bien protéger
Ceux dont ils tiennent leur puissance.

Air : *Du réveil du Peuple.*

Vous qui gouvernez ma patrie,
Rendez la paix à nos climats;

Délivrez-nous de l'anarchie,
En nous changeant nos magistrats.
Renvoyez ces hommes atroces,
Coupables de tous les forfaits;
Faites que des bêtes féroces
Ne nous mordent plus désormais.

Le Directoire exécutif, faisant droit à cette pétition, écrivit aux magistrats:

Air: *Allez-vous en, gens de la noce.*

Allez-vous-en, troupe imbécille,
Et décampez de la maison (1);
Car si vous troublez cette ville,
Nous vous mettrons à la raison.

LES MAGISTRATS.

Quoi, tout de bon!

LE DIRECTOIRE.

Oui, tout de bon.
Allez-vous-en, troupe imbécille,
Et décampez de la maison.

---

(1) La maison commune.

La fête de la Victoire ayant été célébrée dans une ville frontière le même jour qu'à Paris, un accident a manqué en troubler les réjouissances : un canon a crevé avec grand fracas ; mais heureusement il n'a fait de mal à personne, il n'y a eu que deux Jacobins de tués.

AUX FEMMES,

Sur la guerre que le poète LEBRUN *leur a déclarée.*

Lebrun contre vous se déclare ;
Rassurez-vous, objets charmants :
Il suffit de quelques moments
Pour voir du moderne Pindare
Le fiel se changer en encens.
Nul retour de sa part n'étonne :
N'est-ce pas lui que tout Paris
Vit tour-à-tour dans ses écrits
Flatteur de Neckre et de Calonne,
De Robespierre et de Louis ?

Le gouvernement sera toujours bon, lorsqu'il sera approprié au caractère et au génie du peuple qui est gouverné. Un peuple éclairé peut adopter le monarque, sans crainte ; un peuple barbare ou dans l'ignorance en aurait trop à craindre. Le chef ne se portera point à certaines extrémités contre des hommes qui sauront juger ses actions.

Les partisans outrés de la liberté s'égarent ; ils se paient de mots. Le gouvernement monarchique tire évidemment son origine des talents et des connaissances supérieures qui élevèrent ceux qui les possédaient au-dessus de leurs égaux. Ce gouvernement sera toujours le meilleur, tant que le gouvernement sera éclairé, c'est-à-dire, attentif à appeller les lumières qui l'environnent. S'il suit l'impulsion que lui donne la portion de ses sujets livrée à la méditation, il fera le bien.

Ainsi toute constitution peut enfanter de grands biens, lorsque la justice présidera à toutes les opérations politiques. Le gouvernement démocratique est le plus mauvais de tous, parce que le plus grand nombre ne saurait être éclairé.

Être libre contre les lois, voilà le sort de la démocratie. les états populaires tombent dans la confusion; la liberté n'est que licence. Il est presque impossible que les lois, la justice et l'ame s'y soutiennent.

Les Éphores de Sparte, les Décemvirs de Rome n'étaient pas moins cruels que Néron et Caligula. La démocratie d'Athênes forma bientôt un conseil sanguinaire qui pesa sur les citoyens; il fallut renverser cette démocratie. Écoutez cet empereur de la Chine, qui disait des citoyens éclairés: Voilà ce qui forme ma puissance; elle est plus entière que si j'avais à gouverner un peuple stupide et féroce, qui tremblerait devant moi.

Rien n'est plus dangereux pour le peuple même qu'une indépendance entière et absolue. Toute société suppose des supérieurs qui commandent et des inférieurs qui obéissent.

L'état de nature dit Locke, doit être réglé

par la loi naturelle, à laquelle chacun est obligé de se soumettre; et celui de la société doit être réglé par les lois de la société.

LE RAISONNEMENT SANS RÉPLIQUE.

Imitation d'un passage de la Sentinelle.

Louvet dormait profondément
Entre sa feuille politique
Et l'objet sensible et charmant
Qui fait chaque jour l'ornement
De son comptoir patriotique.
On vient crocheter la boutique;
Louvet se réveille en sursaut,
Hors du lit il ne fait qu'un saut;
Mais soudain la troupe assaillante,
Pleine de trouble et d'épouvante,
Fuit à la faveur de la nuit.
Louvet n'entendit que le bruit,
Et ne put découvrir personne.
Or, en pesant avec esprit

Les circonstances du délit,
Voici comment *Louvet* raisonne :
Les gens qui m'ont joué le tour
Sont, à coup sûr, des royalistes ;
La coutume des anarchistes
Est de ne voler qu'en plein jour.

Un Exclusif disait dernièrement à une dame à laquelle il vou'ait exprimer son amour d'une manière énergique : *Je vous aime comme la Constitution de* 1795.

AVIS.

D'un crapaud, dans votre chemin,
Sans le vouloir, blessez la tête,
Pour se venger, la laide bête
Sur l'heure jette son venin.
Tel fait certain folliculaire,
Auteur famélique et rampant ;
Heurtez cet insecte éphémère,
Il lance son dart impuissant.

On reprochait à monsieur le marquis de *Saint-Hurugue* d'être sanguinaire ; il prouva le contraire, en assurant que s'il voyait deux hommes se battre contre un, il se mettrait du parti le plus fort, attendu qu'il y avait à parier que par ce moyen ; il n'y aurait qu'un mort, tandis qu'il pourrait y en avoir deux, s'il se joignait au parti le plus faible.

COUPLET

Sur ce que l'on ne chante plus, par ordre, *dans nos spectacles.*

Air : *Vaudeville des Visitandines.*

Pourquoi donc, et par quel miracle,
Qui me surprend en pareil cas,
Chaque soir, dans chaque spectacle,
N'entends-je plus avec fracas, (*bis*)
Chanter d'une voix glapissante
Les couplets contre LES TYRANS ?
Aussi, c'est que nos gouvernants
Ne veulent plus QUE L'ON LES CHANTE.

Boissi-d'Anglas étant à la tribune, et ne pouvant se faire entendre à travers les hurlements des exclusifs ; *Treilhard*, voulant obtenir du silence pour lui, faisait signe aux tapageurs, et leur imposait les mains : Laissez le dire, criait-il, je l'écoute, et je vais bientôt l'envelopper dans un cercle vicieux : *Vous allez donc l'embrasser*, répliqua un ami de *Boissi*.

Sur les deux Éléphants qui doivent nous arriver de la Hollande.

Incessamment, dit-on, deux éléphants
Figureront dans nos superbes fêtes ;
En cela rien de neuf : déja depuis long-temps
On y voit présider de très-pesantes bêtes.

On disait à un député Jacobin, qu'il y avait parmi eux de grands scélérats ; il répondit : Que dans un grand état, il fallait, en bonne politique, que tout le monde fût représenté.

COMPLAINTE

Du royaliste BABŒUF.

Air : *On compterait les diamants.*

Un matin, le tribun Babœuf,
Rassemblant son aréopage,
Aux héros de quatre-vingt-neuf
Tint gravement ce beau langage :
Le peuple, enfin las de souffrir
Et la famine et la misère,
Aujourd'hui préfère mourir,
Et nous charge de son affaire.

Air : *Daignez m'épargner le reste.*

Égorgeons tous les sénateurs
Dont la sagesse nous consterne ;
Égorgeons les cinq directeurs
Sous qui la loi seule gouverne ;
Égorgeons les hônnêtes gens,
Et les riches que je déteste ;
Égorgeons tous les mécontents,
Ensuite, pour passer le temps,
Nous égorgerons le reste. (*bis*)

Air : *Voyage, voyage, voyage qui voudra.*

Concertons-nous avec prudence,
Au sein de nos conseils secrets.
Que tout le monde ignore, en France,
Où se fabriquent nos décrets.
Le peuple, notre maître,
Nous a, sans nous connaître,
Chargés de le venger,
De tout changer.
Et si notre projet l'étonne,
Voici comment on s'y prendra :
On l'agitera,
On l'affamera,
Puis après cela,
On l'enivrera. . . .
Ouida, ouida, ouida;

On lui dira que . . . que . . . on lui dira tout ce qu'on voudra. Nous afficherons des projets de conservation des propriétés, de respect à l'humanité; et, comme vous vous en doutez bien,

Personne, personne,
Personne n'y croira. (*ter*)

Air : *Du serin qui t'a fait envie.*

Ne craignez pas, pour notre gloire,
Qu'on soupçonne la vérité ;
Ce n'est pas à nous faire croire
Que je me;s de la vanité.
Sous la terreur courbons la France,
Que la mort marche sur nos pas !
Alors, qu'importe ce qu'on pense,
Pourvu que l'on ne parle pas. (*bis*)

Air : *Madeleine à bon droit passa.*

Lorsque nous aurons, à loisir
Renversé les projets des autres,
Nous aurons le petit plaisir
De voir régner nous et les nôtres.
Que je voudrais être là,
Pour voir un peu comment ça f'ra !

Air : *Des folies d'Espagne.*

En écumant de rage et de colère,
Ainsi parla des Jacobins l'espoir ;

Croyant déja de son cher Robespierre,
En le vengeant, ressaisir le pouvoir.

Air : *L'avez-vous vu ?*

Il a voulu !
Il n'a pas pu,
Conçoit-on sa disgrace !
Des directeurs,
Des sénateurs,
La tête reste en place ;
Au moment d'être exécuté,
Le projet fut déconcerté ;
S'il eût pu ce qu'il a voulu,
Le pauvre Rapsodiste (1),
Dans ce moment,
Bien surement,
Serait très-quiétiste.

---

(1) Il recule pour mieux sauter. *Note de l'Éditeur.*

STROPHE.

Pour qui gardez-vous les supplices,
Incorruptibles magistrats ?
Est-il parmi vous des complices
Des plus infames attentats ?
Hé bien, à la main qui l'accable
Livrez uu peuple misérable,
Dont vous êtes l'unique appui :
Viennent les jours de la vengeance,
Il restera dans le silence
Que vons aurez gardé sur lui.

PORTRAIT DU LÉGISLATEUR *SIEYES*.

Il ne rit jamais, et quand il lui échappe un sourire : c'est de pitié : *tant il est supérieur à la pauvre humanité!* encore se mord-il les lèvres pour qu'on ne s'en apperçoive pas : *tant il est grave!* Il a joué un grand rôle dans la révolution, sans cependant en jouer aucun : *tant il est dissimulé!* Il parle peu, et ce qu'il dit ne se comprend jamais : *tant il est profond!* Il ne se mêle de rien, et sait tout ce qui se passe : *tant il est fin!* Il ne crie pas lui-même, mais il fait crier les autres contre les royalistes et les chouans : *tant il a peur!* Il se fait adorer par une vingtaine de sots qui croient que sa réputation donne de l'éclat à la leur : *tant il est célèbre!*... Mais il se moque d'eux, et ils ne s'en doutent pas : *tant ils sont bêtes!*

Ne trouvez-vous pas, maître *Alcide*,
Que la promesse de mandat
Vaut beaucoup mieux que l'assignat,
Est infiniment plus solide?
-- Assurément, j'en suis d'accord;
Le papier en est bien plus fort.

Quelqu'un assurait que *Tallien* reviendrait au parti des honnêtes gens, si on le prenait par les sentiments. « Sandis, répondit un Gascon, » cé sérait vouloir prendre un tondu par les » chéveux. »

ÉNIGME.

Je suis tout, et je ne suis rien;
Je fais et le mal et le bien.
J'obéis toujours quand j'ordonne.
Je reçois moins que je ne donne.
En mon nom on me fait la loi,
Et quand je frappe, c'est sur moi.

Bentabole passait dernièrement sous les galeries du Palais ci-devant royal; un jeune-homme s'arrêta pour le fixer; mais l'Exclusif, se retournant subitement, lui dit d'un ton d'humeur: Eh bien, monsieur, m'avez-vous assez considéré? Le jeune-homme répondit d'un ton fort tranquille: Je vous regarde, monsieur; mais je ne vous *considère* pas.

Que le gouvernement étale ses largesses,
Mon ami, ne t'étonne pas;
Tant de faste, tant de fracas,
Ne doit se payer qu'en *promesses*.

PENSÉES.

Ceux qui voudraient comparer l'habileté, la candeur et la bienfaisance des magiciens qui transforment une grande monarchie en une république révolutionnaire, avec le génie des restaurateurs d'un empire, doivent lire alternativement les *Mémoires de Sulli*, et le répertoire des *seize mille lois* par lesquelles on régénère la France depuis cinq ans.

La rapine fut, dès 1789, le premier but de la révolution; la férocité n'en a été que le moyen. La république française est née entre le vol et le meurtre. Ces tuteurs ont élevé son enfance, défendu son berceau, et l'accompagneront jusqu'au dernier jour de son existence.

Dans les républiques populaires, les dissensions commencent par des harangues, continuent par des assassinats, et se terminent par des confiscations.

Par-tout où la révolution française a pénétré, le brigandage l'y a suivie. Le lendemain du jour où les révolutionnaires Génevois eurent proclamé la *liberté*, l'*égalité*, la *fraternité*, et la souveraineté du peuple, ils devinrent des voleurs de grands chemins. *Donne-moi ton argent, ou meurs.* Tel fût leur code, tel est celui des législateurs français.

L'invincible nature de la révolution française est telle qu'elle rend par-tout inséparables la barbarie et la spoliation, le fanatisme politique et l'hypocrisie, les *droits de l'homme* et la subversion de toute humanité.

Cette assemblée a puni quelques meurtriers! a-t-elle puni un voleur? c'est que le meurtrier avait menacé la vie de ceux qui l'envoyaient au supplice, et que le voleur ne menaçait ou n'avait menacé que la fortune des honnêtes gens.

N'oubliez pas que c'est *Merlin*, ce ministre de la justice, qui, en 1794, fit emprisonner *huit cents mille citoyens*, COMME SUSPECTS. Et c'est le lendemain de l'adoption d'une constitution *libre*, que ses agents escamotent, avec l'attache du pouvoir

pouvoir légilatif, des jouissances qui feraient étrangler un pacha.

La *révolution impérissable* de 1795 n'a pas subsisté un seul jour : le canon des Thuileries tira sur elle, à sa naissanee, encore plus que sur les sections de Paris.

Conçoit-on un calcul plus stupide et plus infernal en-même-temps que celui de parvenir à l'abondance par l'apauvrissement universel, à la liberté, par la plus infame et la plus sanglante servitude, à la vertu par la scélératesse, à la morale par l'athéisme, et au bonheur national par l'infortune des citoyens.

Sur la prétendue folie de BABŒUF.

J'apprends qu'un grave personnage
Qui jadis passait pour un sage,
Veut aujourd'hui paraître fou.
Si comme moi chacun en juge,
Disons que c'est un subterfuge
Bien trouvé pour sauver son cou.

L'HOROSCOPE

Des cinq Sires de France, tiré par un patriote qui ne veut point de la terreur, et qui espère que les deux Conseils tiendront leurs paroles pour maintenir la paix et la tranquillité.

Sur l'air chéri des dominants, et chanté, d'après leurs ordres, sur tous les théatres de la France.

Air : *Ah! ça ira.*

Ah! ça ira, ça ira, ça ira,
Disent les cinq rois de la république ;
Ah! ça ira, ça ira, ça ira,
Du sceptre de fer on se servira :
Tous les ordres sont donnés pour cela,
Le terrorisme nous secondera,
Et ça ira, ça ira, ça ira ;
Nous ferons des lois dans notre boutique ;
Et ça ira, ça ira, ça ira,
Pour nous maintenir le peuple paiera.

Ah ! ça ira , ça ira , ça ira ,
Diront aux Conseils quelques gens fort sages ;
Ah ! ça ira , ça ira , ça ira ,
Car en nous taisant on nous blâmera :
Nos tyrans ne sont que cinq ; et déja
Ils veulent nous subjuguer ! -- Nenni-da !
Ah ! ça ira , ça ira , ça ira ,
Leurs têtes répondront de leurs outrages ;
A ! ça ira , ça ira , ça ira ,
A la guillotine on les conduira.

Ah ! c'est bien fait, etc.
Diront les Français, après le supplice ;
Ah ! cest bien fait, etc.
Les voilà punis du plus grand forfait :
Ils avaient promis qu'en France jamais
La terreur ne serait, même en portrait ;
Ah ! c'est bien fait, etc.
Autant en revient à chaque complice ;
Ah ! c'est bien fait, etc.
Aux républicains la vengeance plaît,

LA FOLLE
PAR LA RÉVOLUTION.

A Emma B....t, à Londres.

SENSIBLE EMMA, si jamais la France, entièrement pacifiée, offre un objet à votre curiosité, ne cherchez pas de préférence les grands rassemblements ; les villes ne diront presque rien à votre cœur. Que le tableau que je vais tracer vous montre le résultat des grandes douleurs : lisez ce triste détail, et que pourtant il ne vous coûte pas de larmes, si je ne suis pas auprès de vous pour les essuyer.

Sur la fin de Juin dernier (*), je traversais, pour venir à Nantes, une partie du beau pays qui vient d'être le théatre d'une guerre aussi longue que cruelle et désastreuse. Un matin que le temps était beau, j'étais descendu de ma voiture, et, suivant mon usage, j'avais quitté

(*) 1796.

le grand chemin, cherchant un point-de-vue, un ruisseau, ou suivant une pensée. Sans m'en appercevoir, je m'égarai, et le temps que je croyais employé à retrouver mon chemin, le fut justement à me perdre davantage. Ne sachant plus enfin de quel côté je devais m'acheminer, je me déterminai à suivre au hazard les sinuosités d'un ruisseau qui coulait à mes pieds, persuadé qu'il me conduirait à quelque village voisin. Après plusieurs heures d'une marche rapide, j'apperçus, sur la pente de la montagne que je descendais, un rocher dans lequel les eaux avaient formé une espèce de grotte; l'entrée en était défendue par des arbres tellement serrés, qu'on avait peine à la voir. Le ruisseau qui m'avait servi de guide rafraîchissait cet endroit propre à la mélancolie. J'avais besoin d'un peu de repos, je m'y arrêtai; je comptais n'y penser qu'à vous, chère Emma; mais il devait en arriver autrement. En séparant, avec mes mains, les arbres qui m'empêchaient de voir, j'apperçus une jeune femme, la tête inclinée sur le ruisseau;

elle pleurait amèrement, et cherchait toujours à y faire tomber ses larmes, et ses larmes coulaient comme un torrent.

Mon respect pour le caractère que portait la la douleur de cette infortunée me fit suspendre jusqu'à mon haleine. Ses cheveux blonds étaient flottants sur ses épaules, son visage rouge et enflammé ; elle me parut plutôt suffoquer que respirer. Elle ne m'apperçut pas d'abord, et je la vis plusieurs fois prenant de l'eau dans ses deux mains, la jettant sur son visage et dans son sein, en répétant, avec l'accent de la plus cruelle souffrance : *Il ne s'éteint pas ! .... il me consume ! .... il ne s'éteindra donc jamais ! ....* Ensuite, changeant brusquement d'attitude, elle s'étendit le visage contre terre, en poussant des gémissements qui portaient la terreur et l'effroi jusqu'au fond de mon ame. Je fis alors un mouvement involontaire : un cri aigu partit aussitôt. *Un Français ! .... un tigre ! ... retirez-vous. ...* Je ne suis pas Français, lui dis-je ; vous êtes malheureuse, et peut-être suis-je digne d'associer mon cœur au vôtre. -- *Ah! si tu n'es pas Français*, me dit-elle, *peut-être as-tu une ame. . . . Tiens, baise ce signe. . . .* Et elle tira en-même-temps de son sein une cocarde blanche, dont une partie était teinte de sang; j'approchai mes lèvres pour la baiser; mais jettant les yeux sur mon chapeau, elle vit la cocarde que les Français portent depuis leur révolution. --*Tu es Français! . . . tu es un monstre! . . . un cannibale! . . .* et elle me repoussa violemment avec horreur. J'arrachai le signe qu'elle détestait, et je le jettai dans l'eau. -- *Dans mon ruisseau!* me dit-elle, *dans le ruisseau où coulent mes larmes! . . . Ah perfide! tu veux donc l'empoisonner? . . .* Alors je la retirai, et la foulai aux pieds. Encouragée par cette action, elle serra ma main, en me regardant d'un air satisfait, et me fit asseoir à côté d'elle. Ses pieds délicats étaient nus et tout écorchés; le soleil dardait d'aplomb sur sa tête; elle ne paraissait pas s'en appercevoir. Je voulus la faire éloigner, pour la mettre à l'abri, mais elle prit ma main, la mit sur son cœur. -- *C'est là*, me dit-elle, *c'est là qu'il est toujours brûlant!... écoute-moi......* J'essayai de l'interrompre, espérant de la calmer. Y a-t-il long-temps que vous êtes ici? -- *Long-temps*, me dit-elle, après un moment de silence; *la douleur est comme l'éternité; les heures n'y sonnent pas....* Mais, lui dis-je, vous avez sans doute quelques liens? vous avez un père, une mère?... Elle porta la main à son front, d'un air inquiet, puis égaré, et elle me répondit, en poussant un profond soupir: *Je ne m'en souviens plus.... Ils sont perdus pour moi.... je suis perdue pour eux;.... mais vous,.... vous, suivez moi....* Elle essaya de marcher; mais ce fut en vain; ses jambes fléchirent sous elle: Alors elle me parut un roseau que le vent du nord a brisé. Je voulus la soutenir, mes efforts furent inutiles; elle retomba à la même place. -- *Brave étranger*, me dit-elle, *allez seul;... vous verrez son tombeau;... il est là,... puis là....* D'une main, elle montra son cœur, et de l'autre, une petite élévation de terre nouvellement remuée. Suivant l'habitude que j'avais observée d'abord, elle prit de nouveau de l'eau dans ses mains, la porta à son visage et à son cœur, en répétant toujours : *Il ne s'éteint pas!*.... *Il ne s'éteint pas!*.... Quelques fleurs flétries marquaient l'endroit qu'elle m'avait indiqué. A mon retour, elle me demanda d'une voix précipitée : -- *Les fleurs sont-elles fanées?*... -- Oui, lui répondis-je. -- *Ah!* reprit-elle avec le ton de la plus profonde tristesse, *j'ai donc manqué de larmes pour les arroser*..... *Parle-moi; mais sur-tout ne me trompe pas*..... *As-tu aimé ton Roi?*... *ton pays?*... Et puis elle se mit à chanter :

A tant de maux comment survivre?
Fils de Henri, ô mon bon Roi!
Pour te venger il voulait vivre;
Ah! du moins il est mort pour toi.

Mon ami, si tu n'es pas Français, comme je le vois, puisque tu es bon et humain, tu n'as pas entendu parler de toutes les horreurs.... *Écoute donc; tu m'interromps toujours*...... Ici, elle s'interrompit;

et se mit à crier avec effroi : -- *Ah ! mon Dieu! ayez pitié de moi ! . . . . Ils vont venir, ... ils viennent. . . . . Oh ! les scélérats ! . . . .* Puis, après un long silence qui servit à ramener un peu de calme dans son ame, elle continua ainsi : *J'avais un amant, il allait être mon époux. . . . Je fus le trouver : Ne compose pas, lui dis-je, avec l'honneur et ta conscience ; combats pour ton Roi ; combats pour ton Dieu ; combats pour ton amie ! . . . J'attachai à son chapeau cette cocarde blanche. . . . . . La voilà ! . . . . . c'est son sang ! . . . . Ils l'ont massacré ! . . . .* En prononçant ces derniers mots, les convulsions les plus violentes tordirent ses membres affaiblis ; son ame se fixa encore une fois sur ses lèvres. . . . *Dieu!* dit-elle, *unis mon ame à la sienne ! . . . .* Je la pris dans mes bras ; j'arrosai son visage de mes larmes ; le froid de la mort repoussa mes étreintes. . . . Je vis que je donnais mes soins à un cadavre. . . .

Les perquisitions les plus exactes n'ont pu me faire découvrir à qui appartient cette infortunée. Sur l'écorce de tous les arbres qui lui ont servi d'abri, est tracé un chiffre composé des lettres *M S*. A côté d'elle était un panier qui paraissait avoir été rempli de pain et de de quelques fruits. On a trouvé dans ses poches un portrait d'homme; il était si fort effacé par les larmes, qu'il a été impossible d'en distinguer les traits; il y avait aussi un crayon, et du papier sur lequel sont tracés, je crois avec du sang, des caractères tellement pressés qu'on n'a pû voir que des mots, sans qu'il fût possible d'y donner un sens complet. Ceux qui étaient le plus souvent écrits, sont: *Mort*,... *massacre*,... *éternité*.... A son col était un cœur d'or, avec ce mot *échangé*. Les paroles qu'elle a prononcées, quoique indiquant le désordre de son imagination, m'ont prouvé le feu du génie. Ses mains, son teint, la finesse de ses vêtements, tout annonce une personne née dans un rang distingué.

Emma, le souvenir de cette infortunée sera toujours présent à ma mémoire; et si jamais la France, aprss avoit expié ses attentats, redevient le séjour du bonheur, nous y viendrons ensemble élever un tombeau à la malheureuse victime dont je vieus de recueillir les derniers soupirs ; mes larmes couelront encore sur cette terre qui l'a vu périr ; mois elles seront moins amères, si vous daignez y mêler les vôtres.

INPROMPTU

A l'occasion du décret relatif à la chasse aux loups.

Quand pour nous délivrer des loups
Vous accordez des primes un peu chères,
Pourquoi, représentants, souffrez-vous parmi vous
Des tigres et des panthères ?

MADRIGAL.

Ah! disait un rentier, dans sa vive douleur,
La révolution va m'arracher la vie,
Puisque, pour exister dans ma *pauvre* patrie,
Il faut qu'on soit agioteur,
Scélerat ou législateur.

LA COMPARAISON.

Vive les lois de ce pays !
Disait hier un cadedis ;
Ces belles lois, vaille que vaille,
Ressemblent aux vers plats de *monsieur la Rimaille* ;
On les alonge ou bien retranche à volonté ;
Vive un pays de liberté !

SUR LOUVET.

A-la-fois frivole et pédant,
Son emploi risible est de faire
Des romans une grande affaire,
Et des affaires un roman.

PENSÉE.

Un homme d'esprit a dit avec une grande justesse qu'il est infiniment mains rare de trouver un bon Roi qu'une bonne multitude. Rien sans doute d'aussi exécrable qu'un despote, si ce n'est une *Convention nationale*.

FABLE.

LE MOUCHERON ET LE TAUREAU.

Sur les cornes d'un Taureau
Un jour, en voltigeant, un Moucheron s'arrête.
Si je suis un trop lourd fardeau,
Lui dit la volatile bête,
Je suis tout prêt à m'envoler.
Le Taureau, l'entendant parler,
D'un air de pitié lui réplique :
J'ignorais que tu fusses là.

Au sein de notre république,
Sots importants, lisez cela.

SUR L'ANNONCE NOUVELLE DE *ROBLOT*.

Puisque *Roblot*, chirurgien pédicure,
Dit qu'il extirpe tous *les cors* ;
Aujourd'hui, redoublant d'efforts,
Qu'il opère une grande cure :
Que ce docteur expéditif
Nous ôte pour jamais le *corps* législatif.

L'HABIT D'ÉTÉ

D'un Poëte législateur que la calomnie persécute.

Mes, amis, pour punir la fortune cruelle,
Je sais m'envelopper de toute ma vertu,
--Parbleu, monsieur *Chénier*, voilà ce qui s'appelle
Être légèrement vêtu.

Sur les quatre arbres de la Liberté, plantés dans la place Louis-quinze, et qui n'ont pas repris.

Mais expliquez-moi donc la cause
Qui fait que dans vos champs un arbre replanté
Profite, et que ceux-ci?... -- Chez nous le ciel dépose
Dans leur sein une eau pure utile à leur santé,
Et c'est le sang ici qui les arrose.

Veux-tu savoir, ami, quelle est la différence
Entre un législateur et le pauvre commis?
L'un, avec sa quinzaine, achète un bien immense,
Et l'autre, au bout du mois, va vendre ses habits.

Quelqu'un témoignait dernièrement, dans la conversation, sa surprise de la richesse subite de *Boursaut*. Il n'y a nullement lieu, repondit une personne, d'en être étonné, les crimes lui rapportent beaucoup, et ne lui *coûtent rien*.

Sur l'achat que vient de faire TALLIEN *d'une maison de campagne.*

Pour porter ses remords dans un champêtre lieu,
A Chaillot mons *Tallien* achète un joli bouge,
Et qu'il fait, dit-on, peindre *en rouge*.
Cette couleur lui coûte peu.

MADRIGAL.

Hier *Poultier* eut une attaqe vive,
Chacun le crut empoisonné.
-- Comment, qu'était-il arrivé ?
-- C'est qu'il avait avalé sa salive.

LETTRE

De Madame la Comtesse DE LA NOUE *à Madame la* PRÉTENDANTE.

Paris, ce 25 *Mai* 1796.

Je vous félicite, ma chère amie, sur la conduite courageuse et héroïque que votre illustre époux a tenue à Véronne, le 13 du mois dernier, en faisant au marquis *Carloti* la réponse suivante, qui ne sortira jamais de ma mémoire. « Je partirai; mais j'exige deux conditions; la » première, qu'on me présente le livre d'or, » où ma famille est inscrite, afin que j'en raye » le nom de ma main; la seconde, que l'on » me rende l'armure dont l'amitié de mon ayeul » Henri IV a fait présent à la république. » C'est le ciel qui lui donne, n'en doutez pas, cette fermeté qui le conduira au triomphe qui l'attend. Ne connaissez-vous pas les malheurs innombrables de l'infortuné PRÉTENDANT *Charles Edouard Stuart*, en Écosse. Jamais homme ne s'est vu dans des circonstances aussi malheureuses, et n'a eu de plus terribles aventures que ce prince. Il a éprouvé ce que la guerre et la famine ont à-la fois de plus cruel et de plus horrible. Sur mer, il est le jouet des vents et des flots; sur terre, il ne trouve d'asyle que parmi les rochers et dans les cavernes. Chaque homme lui présente un ennemi, chaque ennemi, un assassin. Il passe des mois entiers dans cette affreuse situation, et ne trouve de soulagement ni dans le sommeil qu'il ne peut se procurer; ni dans le secours de ses amis, qui périssent sur l'échafaud. Quels rapports! J'ai encore présents à l'imagination les malheurs incroyables qui ont assailli ce Prince malheureux. Voici les détails exacts que nous en retrace l'histoire.

Depuis l'arrivée du prince *Edouard* en Écosse, tout avait concouru à favoriser son entreprise, et tandis qu'il se flattait des plus douces espérances, le duc de *Comberland* s'avançait à grandes journées vers les frontières de ce royaume. Le 23 Avril 1746, il passa la Spey, se posta au bord de cette rivière, dans un lieu appellé *Culloden*, à peu de distance de l'armée du *Prétendant*, et l'attaqua avec vingt mille hommes. Le prince *Edouard* n'avait pas avec lui quinze cents hommes de troupes aguerries. Le reste était des montagnards peu disciplinés. Ils ne laissèrent pas de disputer pendant près de trois heures le champ de bataille aux ennemis. La victoire se déclara pour le duc ; il fit massacrer tous ceux qui, cherchant leur salut dans leur fuite, tombèrent au pouvoir de ses soldats. Plus de trois mille subirent cette cruelle destinée, quoiqu'ils eussent mis bas les armes, et qu'ils demandassent quartier. Le Prince, qui avait eu un cheval tué sous lui, et reçu une blessure à la cuisse, aurait vraisemblablement été pris lui-même, s'il ne se fût jetté dans la rivière, ayant de l'eau jusqu'au menton, pour éviter les poursuites de ses ennemis. Lorsqu'il fut de l'autre côté, il jetta des regards languissants sur la scène affligeante qui se passait à l'autre bord. Il fut pénétré de la plus vive douleur, en voyant le carnage affreux que les vainqueurs faisaient de son arrière-garde. Le même jour, il arriva au château du lord *Loval*, dans les montagnes d'Écosse. Il était accompagné de MM. *Sullivan*, *Macdonald*, *Lochiel*, *Sherridan*, et de quelques autres qui lui étaient singulièrement attachés. On convint que deux d'entre eux prendraient les devants pour avertir le Prince, en cas qu'il se présentât quelque parti ennemi, et que M. *Macdonald* et un autre feraient l'arrière-garde, tandis que le prince *Edouard* se rendrait au fort *Auguste*. Il y arriva pendant la nuit, et il n'y trouva ni garnison ni aucune provision. Il en fut de même du fort *Guillaume*, où le Prince et ceux de sa suite se seraient vus dans l'impossibilité de satisfaire à la fin qui les pressait, sans l'industrie d'un pêcheur qui, par l'appât d'un gain considérable, vint à bout de leur trouver un saumon, que le Prince et M. *Sullivan* furent obligés de faire cuire eux-mêmes.

La crainte d'être surpris les engagea de remonter à cheval; et ils allaient poursuivre leur route, quand ils apperçurent M. *Macdonald* qui venait à eux à toute bride. Il était couvert de sang et de de poussière, et blessé à mort. Il voulut descendre seul de cheval, il tomba par terre, et sa voix entrecoupée exprimait d'avance la triste nouvelle qu'il venait annoncer. Les symptômes d'une mort prochaine parurent aussitôt sur son visage; il n'eut que le temps de dire au Prince qu'ayant été atteint par un parti ennemi, il avait reçu un coup de pistolet dont il était dangereusement blessé; mais que son cheval l'avait heureusement dégagé des mains de ceux qui le poursuivaient. « Je supplie votre altesse royale, » ajouta-t-il, de fuir sans délai; l'ennemi est » au fort *Auguste*, et les partis avancent à grands » pas vers vous. » En prononçant ces paroles, ce zélé serviteur rendit l'ame aux pieds de son maître. Le Prince répandit un torrent de larmes sur le sort du fidèle *Macdonald*. Sa sensibilité redoubla, lorsqu'il fallut se séparer, environ une heure après de son cher *Lochiel*, qui, par les douleurs que lui causaient les blessures qu'il avait reçues à *Culleden*, ne se trouvait plus en état de supporter les fatigues d'un voyage. Le Prince, dans sa douleur, semblait avoir oublié qu'il était poursuivi de près; il s'arrêtait à chaque pas pour exprimer l'accablement où cette séparation le plongeait.

Il continua sa route, accompagné de MM. *Sullivan* et *Sherridan*. Il arriva de grand matin à *Lochbareigè*, où, à leur prière, il se coucha pour prendre quelque repos; ce qu'il n'avait pas fait depuis cinq jours et cinq nuits. A son réveil, un paysan lui offrit son dîner, qu'il avait apprêté lui-même; le Prince le mangea avec appétit. Le soir, il se rendit, avec ses deux compagnons, dans les montagnes du *Glan de Morer*. Ils abandonnèrent leurs chevaux, parce qu'on ne peut les traverser qu'à pied. Arrivés à *Arisaig*, ils convinrent que M. *Sherridan* se déguiserait, et irait à la découverte des débris de l'armée du Prince. Il trouva M. *Oneil*, capitaine au service de France, et qui, depuis la bataille de *Culloden*, était resté caché à *Invergari*. M. *Sherridan* l'envoya auprès du *Prétendant*, et *Oneil* raconta à ce Prince tout ce qui était arrivé aux chefs de son armée. Plusieurs avaient été pris pendant la bataille ; d'autres s'étaient rendus à l'ennemi, et enfin il fit connaître au Prince, qu'il n'y avait plus de sureté pour lui de rester en Écosse.

Sur ce récit, il fut arrêté que l'on chercherait un vaisseau pour passer son Altesse en France, avec ceux de son parti qui se trouveraient prêts à s'embarquer. M. *Donald Macleod*, gentilhomme du pays, voulant accompagner le Prince, fut chargé de louer une barque à huit rames, pour se rendre à *Stornwal*, où devait se faire cet embarquement. *Edouard* s'y mit avec sa suite, à l'entrée de la nuit, et quelques heures après, ils furent assaillis d'une violente tempête.

Les matelots, rebutés par le froid excessif, avaient abandonné la chaloupe à la merci des vents. Pour les soulager, le Prince lui-même et ses compagnons prirent les rames à leur tour, aussi long-temps qu'ils en eurent la force. Cet exemple donna un nouveau courage aux matelots, ils reprirent leurs rames, et, comme ils étaient prêts à les quitter une seconde fois, le Prince, déja fait à leur génie, se mit à chanter, dans leur jargon, une chanson à laquelle ses amis faisaient chorus. Cet artifice lui réussit, et fit oublier aux matelots, pour un instant, une partie de leur crainte et de leurs peines. A huit heures du matin, ils se trouvèrent sur le rivage de l'isle *Benbicula*, et fort éloignés de *Stornwai*. Toute la troupe était si saisie de froid, que s'il eût fallu demeurer un peu plus long-temps dans cette situation, pas un seul n'en serait revenu. L'insomnie, la faim, la soif et le froid s'étaient comme réunis pour les accabler. On fit du feu, et, par le secours de quelques verres d'eau-de-vie, toute autre provision leur manquant, ils s'arrachèrent des bras de la mort, prête à terminer leurs infortunes. Sur le soir, ils s'avancèrent dans l'intérieur de l'isle, pour y chercher de la nourriture. Ils n'y trouvèrent qu'un jeune poulain, qu'ils mangèrent, après l'avoir fait rôtir. Étant rentrés dans leur chaloupe, après quelque temps de repos, ils furent accueillis par une seconde tempête, qui les jetta dans l'islè *Scalpa*. Ils envoyèrent de là un exprès à *Stornwai*, pour s'informer si le frère de M. *Macleod* leur avait arrêté un vaisseau, comme on le leur avait promis. La réponse fut que ce vaisseau était prêt à mettre à la voile, et qu'on les attendait à *Stornwai*.

Ils y arrivèrent le 5 du mois de Mai, et mirent pied à terre à quelque distance de la ville, où le frère de M. *Macleod* était venu à leur rencontre. Il dit au Prince, qu'ayant eu l'indiscrétion de confier son secret à un faux ami, celui-ci, non-seulement l'avait rendu public, mais qu'il avait ajouté malicieusement que le Prince venait à *Stornwai* avec cinq cents hommes, dans l'intention de brûler et de piller la ville, parceque les habitants avaient refusé de se déclarer pour lui. Il ajouta que, sur cette nouvelle, le peuple avait pris les armes; et faisait des recherches qui mettaient son Altesse dans un péril inévitable, s'il entrait dans la ville. M. *Macleod*, frère de cet indiscret, devint si furieux à cet aveu, qu'il allait lui passer son épée au travers du corps, si le Prince ne l'eût retenu.

Edouard et sa suite, ne sachant où se mettre en sureté jusqu'au lendemain, se déterminèrent à passer la nuit dans un marais. Il fut décidé en-même-temps que les deux frères iraient à la ville acheter des provisions, et qu'ils les apporteraient pendant la nuit. On ignore les raisons qui empêchèrent leur retour; mais leur désertion, en privant le Prince et sa suite des choses les plus nécessaires à la vie, les replongea dans de plus cruelles inquiétudes. Ils rentrèrent dans leur chaloupe, à la pointe du jour, sans savoir la route qu'ils prendraient. M. *Oneil* était d'avis qu'on suivît une autre chaloupe qui allait aux Orcades; mais les rameurs, lassés des fatigues qu'ils avaient essuyées, refusèrent constamment d'obéir. Ils ignoraient encore la qualité du Prince, et ne croyaient conduire que des officiers échappés de la bataille de *Culloden*. Ils déclarèrent qu'ils voulaient retourner chez eux, et ils en prenaient la route, quand on découvrit un vaisseau qui cinglait de leur côté. *Onell* leur dit en colère : « Malheureux, évitez ce navire ; car » je vous déclare que si vous vous laissez prendre, » vous serez tous pendus pour avoir entrepris » de nous sauver. » Cette menace les remplit d'un tel effroi, qu'ils prirent de nouvelles forces, et s'approchèrent d'une isle. Le vaisseau, dans la crainte d'échouer, cessa de lui donner la chasse. Le Prince et sa suite ne s'étaient pas encore trouvés dans une situation si déplorable ; ils étaient sans maisons, sans lits, sans provisions, dans une isle déserte. La mer qui les environnait resta couverte de vaisseaux anglais pendant les quatre jours qu'ils demeurèrent dans cette isle. Ils y découvrirent trois cabanes abandonnées, dans l'une desquelles ils trouvèrent quelques poissons secs, qu'ils faisaient détremper et cuire ensuite dans l'eau que la pluie leur fournissait. Les rameurs, jurant et murmurant sans cesse, accablaient les trois fugitifs des invectives les plus dures, les regardant comme les auteurs de leur infortune et du péril où ils se trouvaient. Ils s'emparèrent même d'un peu d'eau-de-vie qu'on avait réservée pour le Prince.

Pour éviter d'être surpris dans l'isle, le Prince *Edouard* et ses deux compagnons convinrent qu'ils feraient sentinelle, chacun leur tour, pendant la nuit. Le Prince, trop livré aux réflexions que sa situation précédente et son état actuel lui faisaient faire, ne pouvait jouir des douceurs du sommeil. Aussi faisait-il toujours compagnie à celui des deux qui était en faction.

S'étant remis en mer, lorsqu'on n'y vit plus de vaisseaux ennemis ; les vents contraires les jettèrent une seconde fois dans l'isle de *Benbicula*. Là, on lui apprit que plusieurs vaisseaux croisaient toutes les mers des environs, pour se saisir de sa personne. Cette nouvelle lui fut racontée par un montagnard échappé de la bataille, et qui, voyant le Prince, s'était jetté à ses pieds, et avait pris une seconde fois la résolution de lui sacrifier sa vie. Les matelots découvrirent alors un secret qu'on leur avait toujours caché. Ils embrassèrent les genoux du Prince, le prièrent de leur pardonner leur désobéissance et leur peu de respect, et jurèrent de ne plus vivre que pour son service. Le montagnard, qui avait reconnu le *Prétendant*, demeurait dans l'isle, où il avait acheté une barque, et faisait le métier de pêcheur, pour mieux se dérober à la connaissance de l'ennemi. Il voulut avoir l'honneur de loger le Prince dans sa cabane; mais le bruit s'étant répandu que le général *Campbell* devait débarquer dans l'isle, pour y chercher le *Prétendant*, il fut arrêté qu'on sortirait pendant la nuit, et qu'on chercherait un autre asyle. Le fidèle montagnard proposa au Prince de l'accompagner, et son Altesse y consentit d'abord, parceque cet homme lui plaisait beaucoup, et qu'elle était touchée de son zèle; mais M. *Sullivan* lui fit observer qu'il n'était pas de la prudence d'augmenter leur troupe, tant à cause de la disette des vivres que pour d'autres inconvenients. A leur départ, ce pauvre homme versa un torrent de larmes; il se mit à genoux sur le rivage, implorant avec la plus grande ferveur la protection du ciel pour la conservation des jours et la prospérité de son infortuné maître. Son Altesse royale, pénétrée de regret d'abandonner un homme qui lui paraissait si dévoué, pleura aussi par sympathie, et c'était une scène vraiment touchante de voir les tendres sentiments qu'avaient l'une pour l'autre deux personnes d'un rang si différent, l'une de la première et l'autre de la dernière classe des mortels.

Après avoir erré quelque temps d'isle en isle, ne voyageant que la nuit, se cachant pendant le jour dans des cavernes, privés de nourriture, environnés d'ennemis de toutes parts, le Prince *Edouard* et ses deux amis abordèrent le 24 du mois de Mai à *Locbusdale*, d'où ils renvoyèrent leurs matelots. Ils apprirent, en y arrivant, qu'un détachement ennemi était à qelques lieues de là, et jamais ils ne se crurent si voisins de leur perte. Ils se réfugièrent dans une cabane où ils passèrent la nuit, appréhendant à tout moment qu'elle ne fût visitée par les troupes du capitaine *Scot*, qui visitaient tout ce qui leur paraissait habitable. Un jour que les trois fugitifs erraient de cabane en cabane, ils apperçurent une femme à cheval, accompagnée d'un seul domestique. Le Prince reconnut que c'était une demoiselle de la maison de *Macdonald*, qui était venue lui faire sa cour à *Invernesse*, lorsqu'il était victorieux de ses ennemis. Il l'appella par son nom; elle le reconnut à sa voix. Aussitôt elle descendit de cheval, se jetta aux pieds du Prince, et voulut lui baiser la main. Il fit signe à M. *Oneil* de la relever. Elle leur apprit qu'elle venait de *Moidart*, qu'elle avait traversé les gardes des ennemis, qu'elle devait encore en passer d'autres pour arriver à *Rushness*, que tout le pays, excepté le côté des montagnes, était bloqué par une ligne de milice, et elle offrit au Prince ses services dans des circonstances aussi périlleuses. Il fut résolu que lui et sa suite se retireraient, pendant la nuit dans une caverne située au pied d'une montagne, près de la caverne d'un pauvre paysan, où mademoiselle *Macdonald* promit de les venir trouver ou de leur donner de ses nouvelles. Ils y arrivèrent sans obstacles ; forcés de se cacher dans cet asyle affreux et malsain, ils y restèrent trois jours entiers, sans entendre parler de la demoiselle.

(*La suite au prochain numéro.*)

Sur les chapeaux à plumes des Députés.

Des députés nouveaux le singulier costume
Excite les bons mots. -- Cessez de les blâmer ;
Car il leur convient fort. Tout ce qui porte plume,
Comme chacun le sait, est sujet à voler.

AVIS AUX DEUX CONSEILS.

Sur vous ne donnez plus à mordre ;
Prenez de grace un nouveau tour :
Vous criez tant l'ordre du jour,
Criez enfin *le jour de l'ordre.*

Fin du premier numéro.

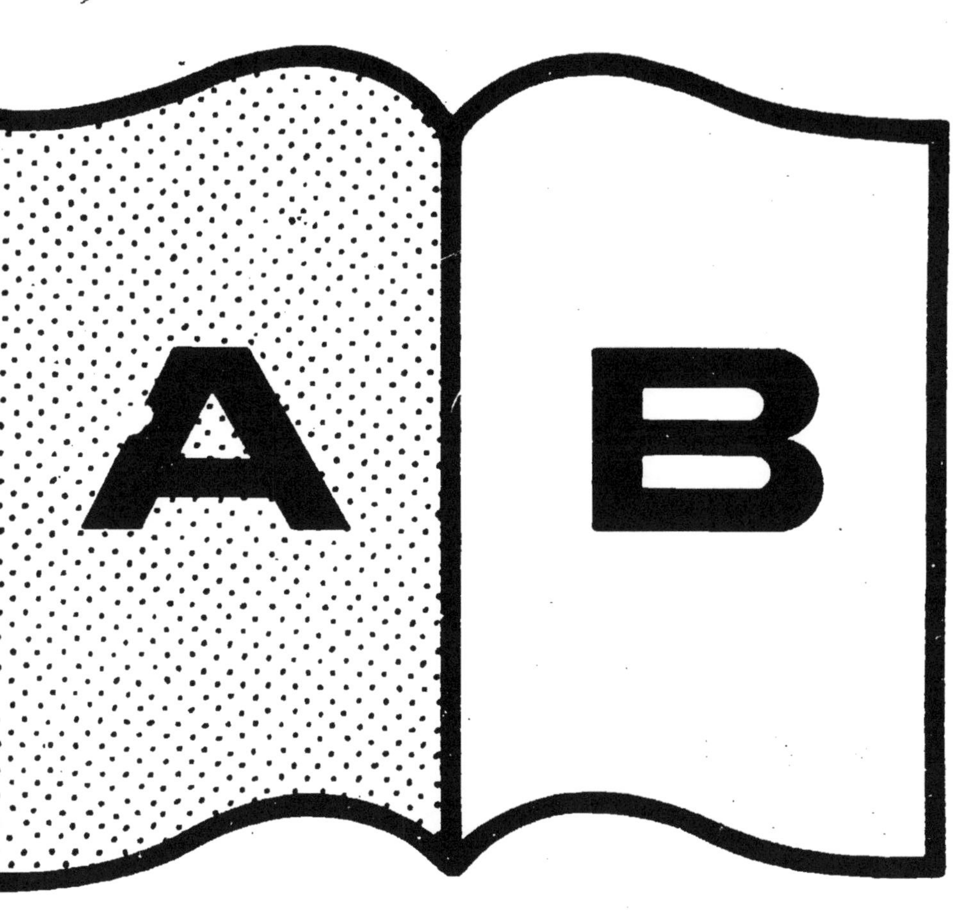

Contraste insuffisant

NF Z 43-120-14

www.ingramcontent.com/pod-product-compliance
Ingram Content Group UK Ltd.
Pitfield, Milton Keynes, MK11 3LW, UK
UKHW021229230726
13926UKWH00003B/1325